A MILES PARSON
Y A SU MAMÁ Y SU PAPÁ,
SAVITRI Y JON,
PARA QUE SIEMPRE RECORDEMOS.
——NL

EN MEMORIA A MIS ABUELOS
——RL

© 2014, Editorial Corimbo por la edición en español
Av. Pla del Vent 56, 08970 Sant Joan Despí, Barcelona

corimbo@corimbo.es
www.corimbo.es

Traducción al español de Macarena Salas
1ª edición octubre 2014

Copyright del texto © 2013 Nina Laden
Copyright de las ilustraciones © 2013 Renata Liwska

Publicado de acuerdo con Little Brown & Company, N.Y. New York, USA
Todos los derechos reservados
Título de la edición original: "Unce upon a memory"

Impreso en UTAIA BCN S.L.

Depósito legal: DL B.22552-2014
ISBN: 978-84-8470-499-7

ACERCA DE ESTE LIBRO

Las ilustraciones de este libro las bocetó la ilustradora a mano en un cuaderno. Después las escaneó y las coloreó con
Adobe Photoshop. Los animales están inspirados en las experiencias de la ilustradora con la naturaleza,
tanto en sus viajes por todo el mundo como en su propio jardín.

Este libro lo editó Connie Hsu y lo diseñó Alison Impey bajo la dirección artística de Patti Ann Harris.
La producción la supervisó Charlotte Veaney y la editora de producción fue Wendy Dopkin.

La fuente tipográfica es Garamond.

Había una vez un recuerdo

Escrito por Nina Laden

Ilustrado por Renata Liwska

Corimbo

¿Recuerda la **pluma** que
una vez fue…

un **ala**?

¿Recuerda el **libro** que
una vez fue…

una **palabra**?

¿Recuerda la **silla** que
una vez fue…

una **rama**?

¿Recuerda la **planta** que
una vez fue…

una **semilla**?

¿Recuerda el **pastel** que
una vez fue…

una **espiga**?

¿Recuerda el **mar** que
una vez fue…

una **gota**?

¿Recuerda la **estatua** que
una vez fue…

una **roca**?

¿Recuerda una **isla** que
una vez fue…

desierta ?

¿Recuerda el **trabajo** que
una vez fue...

una **fiesta**?

¿Recuerda la **noche** que
una vez fue…

una **mañana**?

¿Recuerda el **amor** que
una vez fue…

una **mirada**?

¿Recuerda una **familia** que
una vez fue…

un **nido**?

¿Recuerda el **mundo** que
una vez fue…

distinto?

¿Recordarás **tú** que
una vez fuiste…

un **niño**?

ALGUNOS MOMENTOS ESPECIALES
QUE RECORDAMOS:

Comer galletas en casa de mi abuela

Aprender a esquiar

Dibujar con mi mamá

Escribir mi primer libro

Jugar con mi hermano pequeño

Hacer mi primer amigo

Encontrar un fósil

Aprender a hablar inglés

Pasar miles de horas dibujando mi mundo en mi habitación

Comer golosinas en casa de mi abuela

Sentarme junto a la hoguera y escuchar cuentos

Ir en canoa con mi papá durante las vacaciones de verano

Escuchar sonidos tumbada en la playa

Tener invitados en casa y acostarme tarde

Recibir cartas y postales en mi buzón

Buscar chocolate y caramelos

¿Qué momentos especiales vas a recordar tú?